雪花无尘

舒成坤 著

西藏人民出版社

图书在版编目（CIP）数据

雪花无尘 / 舒成坤著 .-- 拉萨：西藏人民出版社，
2021.9
ISBN 978-7-223-06931-1

Ⅰ.①雪... Ⅱ.①舒... Ⅲ.①诗集－中国－当代
Ⅳ.①I227

中国版本图书馆CIP数据核字(2021)第253534号

雪花无尘

作　　者：舒成坤
责任编辑：仁青才让
校　　对：次旦央吉
封面设计：丹真那杰
版式设计：仁青才让
出版发行：西藏人民出版社 / 地址：拉萨市林廓北路 20 号，邮编 850000
印　　刷：西藏福利印刷厂
开　　本：787×960　1/16
印　　张：14.375
字　　数：30 千字
版　　次：2022 年 1 月第 1 版
印　　次：2022 年 1 月第 1 次印刷
印　　数：01-1,000
书　　号：ISBN 978-7-223-06931-1
定　　价：36.00 元

心有远方

——序舒成坤诗集《雪花无尘》

洋滔

从这部《雪花无尘》，我们窥见到诗人创作的心路历程。作者多数诗都有着满满的正能量，阳光正气，诗意盎然，气势磅礴。他从十分具体而又情感丰富的角度切入，写出他感悟到的五光十色的景致和色彩斑斓的生活，不少诗歌写得相当精彩，让人过目不忘，拍手称快。他是诗歌坚持不懈的守护者和身体力行的践行者，深度意象下对个体生命和人类生存状态的关怀是他诗歌独特的艺术风格。

军人出身的舒成坤，有着浓浓的家国情怀，以切肤掏心的笔触，令人感慨的诗句，为西藏边防军人歌功颂德，他深入边防哨卡，和战士打成一片，深情写到："一年只有雨季和雪季 / 浓缩了季节的距离 / 有群戍边的军人 / 刻写在峭壁上的军魂 / 耸入云天 //……向星星诉说 / 生命的高度 / 用锐利的双眼 / 俯视天边的朝阳 / 守护着万丈霞光 / 那份安宁和吉祥 / 让青春和理想 / 在海拔最高的哨位上 / 闪闪发光 //"（《云端哨所》）这些感人鲜活的诗句，使我们看到戍边军人吃大苦、耐大劳的美好心灵，看到边防军人的崇高追求，云端哨所"海拔最高"，严重缺氧，除了"雨季"，就是"雪季"，生活相当艰苦，但他们肩扛如山的使命，全身心地在这里守护每一天从东方升起的"朝阳"，守护祖国的“万丈霞光”，心中始终架着五光十色的彩虹，给人不一样的特殊的温暖，让我们对新时代“最可爱的人”肃然起敬，心怀激荡。

诗集中，作者对故乡和故乡人民的那种真挚的爱，表达了他难以割舍的乡土情怀，在西藏，他捧出“妈妈腌制的泡菜”，那种封存的味道浸人心脾。真切而生动地记录了作者的精神家园在乡土情结与现实的渴望之间纠缠，写出了作者思乡的情怀和苍凉的心境，作者的悲怆带有一种形而上的人生况昧，渗透着浓郁的亲情。

西藏是作者的第二故乡，他观察，他感受，他认知，他书写，“在海的高处 / 凝固，西藏的山 / 成为游不动的鱼 // 化为羊群 / 波涌而来 // 卓玛的牧鞭 / 垂钓起伏的山脉 //”（《与羊群为伍》）“老西藏的肩上 / 扛着喜马拉雅 //”（《老西藏》）大江东去，气势宏伟，情真意切地倾诉了他对藏族人民和“献了青春献子孙”的老西藏精神的澎湃激情和深情厚谊。“山里女人 / 用泉水 / 浆洗村庄 // 家什和房舍 / 光亮照人 / 男人的野心 / 在洁净中升腾 //”（《山里女人》）随口道出西藏山里女人的朴实、勤劳和伟大。作者不少诗很有哲理性，哲理给他的诗歌增添了沉甸甸的份量，《距离》《海螺化石》《远和近》等诗作都是有深刻思想和教益意义的佳品。

他的诗歌特色为短而容量大，精粹是他诗歌独到的风格和独特之处。他在工作之余，对诗歌矢志不渝地爱好和探索，实在是难能可贵。希望他对诗歌学深钻透，精益求精，成就将会更大。

2020 年 7 月写于重庆缙云山下虎溪花园；2021 年 8 月改于重庆市大学城

目录

第一辑

第二辑

第三辑

第四辑

第五辑

第一辑

醉美珠峰

仰望巍峨的珠穆朗玛，
揭开圣女圣洁的面纱，
冰雪装扮你美丽的娇容，
圣地托起你最高的海拔。
呀拉索，醉美珠峰，
你向八方来客献上云做的哈达，
你是古老东方骄傲的神话，
你是后藏明珠璀璨在华夏。

亲近雄伟的喜马拉雅，
触摸地球之巅的彩霞，
高原衬托你身躯的伟岸，
雪域展现你身躯的博大。
呀拉索，醉美珠峰，
你向远方朋友敬献雪酿的美酒，
你是辉煌的丰碑壮我中华，
你是大地的脊梁傲立蓝天下。

2013.3 日喀则

帕里姑娘

神女在草原身旁
王子在雪山远方
多情湖泛着波浪
爱的故事在帕里传扬

雪山在静静守望
情歌在白云下飞扬
太阳雨在尽情飘洒
彩虹挂满爱人的眼眶

帕里姑娘
牵来满山的牛羊
让痴情的人儿
在梦里歌唱

帕里姑娘
喜马拉雅的天使
我愿一生为你
遮挡风雨和烈阳

[很久很久以前在雪域高原
一个动人的故事他口口相传
那是王子的诉说
那是神女的思念
多少回让人们都深深的迷恋
可是现在的我们到底怎么了
誓言挂在嘴边三天就是永远
爱了恨了痛了让人轻易就忘了
还在梦里呼唤什么爱的誓言]

2014·5 亚日途中

卓木姑娘

每一朵浪花都映照朝阳，
每一片白云都飘逸向往，
涧水间跳起欢快的锅庄，
山峰萦绕着圣洁的花香，
我的亚东
变成格桑花一样的姑娘。

每一条古道都谱写华章，
每一抹阳光都照耀吉祥，
踏马路叩响皎洁的月光，
风马旗飘扬幸福的梦想，
我的亚东
变成太阳花一样的姑娘。

我的亚东，我的卓木，
你在雪域娇娆绽放。
我的亚东，我的卓木，
我愿为你永远歌唱。
我的亚东，我的卓木，
我逐梦他乡
只为你这美丽的卓木姑娘。

2016·9·27 亚东

母　亲

儿在边关母担忧
吃住行来心上愁
叮咛孩儿要诚作
四季风雨染白头

边关月冷常思母
春夏秋冬心中游
忠诚作为多奉献
遥望母亲满笑容

2016·10·23 重庆途中

梦 别

梦过七十四个春秋
一声叹息
随梦而去

眼泪挽不住梦境
一声叹息
梦别一生

2016·11·6 重庆

云中哨所

我在云中哨所
抚摸那千年的石头
倾听班长的故事
仰望那人生的高度

我在云中哨所
凝望那纷飞的雪花
迎风挺立
守卫着边关
肩负着神圣的使命
哦，云中哨所
石尖上的家园
多少思念
在梦里遇见
亲爱的你　是否也在眺望
我这片云彩
守候在云端上
迎接那黎明的晨曦

我在云中哨所
凝望那纷飞的雪花

迎风挺立
守卫着边关
肩负着神圣的使命
哦，云中哨所
雪山上的军魂
多少星辰
照耀着和平
亲爱的你　是否也在眺望
我这片云彩
守候在云端上
迎接那黎明的晨曦

2017·8·12 亚东

亚东，我告诉你

亚东，我告诉你
一段故事
我从古道走来
策马在时光里
远去的马蹄声
就像西边的月影
亚东，我告诉你
一个生命轮回
一生眷恋

亚东，我告诉你
一次遇见
我已相守千年
高山开满雪莲
飘落的花瓣啊
就像风吹过经幡

亚东，我告诉你
一段清澈思念
一生情缘

2017·8·16 日喀则

向 前

我们拨开云雾
脚步穿越泥泞
向前向前
一切为了前线

我们披星戴月
驮着信念前行
向前向前
一切为了和平

向前向前
为了祖国的尊严
向前向前
为了正义与和平

2017·8·29 亚东

风中的男孩

翘首回望
童年的路
从记忆中走来
一个光着脚丫的男孩
站在路口
任凭风雨袭来
心中隐藏一阵阵呐喊
那是风中的男孩
走出大山的情怀

为了等待
信封中的女孩
从山那边走来
风中的男孩
去了邮局门口
任凭眼泪出来
也没看见梦中女孩
只有回到故乡的男孩
才情商大开

云淡如水

岁月如歌

一场青涩的恋爱

从山村漫延

一个火红的年代

传统与现代的对决

那个在夹缝中行走的男孩

赢得了后辈们的喝彩

2017·10·15 亚东

秋 雪

雪在秋天飘落
覆盖了秋与冬的距离
像树叶回归大地
完成了一个生命的轮回

站在秋与冬的路口
是什么让你一见钟情
拥抱夏的青绿和秋的金黄
遇见了一个季节的转变

落叶荒芜了谁的生命
雪花零乱了谁的思绪
哦，秋天的雪花
大地是你久别的故乡
就像你在枝头消融的模样

2017·10·18 亚东

月　光

圆月挂在天上
熠闪梦的光芒
牵一缕清风
漫过山岗

远方的姑娘
宛如皎洁月光
低吟浅唱
醉了我的心房

谁在梦的方向
给姑娘做了嫁妆
红裳翠盖
丽媚娇娘

留下我
在如霜的日子
情殇

2017·10·21 亚东

天堂的爸妈

爸妈远行的时候
没有嘱咐我一句话

我的泪水
在爸妈安睡的地方
奔流成河

湿透的双眸
遥见天堂的爸妈
仍在故土守护乡愁

在外奔波的孩儿
再也看不见村口的身影
再也听不到爸妈的叮咛

爸爸和妈妈
你们是否知道
孩儿站在风雨路口
找不着家

2017·10·23 凌晨 亚东

秋的味道

大雁南飞
树叶露了茎黄
姑娘系一方红纱巾
妆点山的模样

秋色染重峰峦
几番苦雨凄风
在山谷涤荡着
秋天的味道

万物艳丽
长风妩媚
带着寒意和遐思
弥漫

2017·10·25 凌晨 亚东

梦想让我越走越远

一片孤独的云
飘走了多少思念
一条弯曲的河
荡漾了多少叮咛
没有妈妈的陪伴
就像牛羊失去了草原
梦想如虹
让我越走越远

云儿飘过的草原
是否闻到花开的方向
河水流过的地方
是否看到纵情的梦想
高原河水流向天际
河水里白云曳游
游走了我成败荣辱
游走了我爱恨情仇

落伍的雁
沉甸甸掉下一滴泪
浸湿我孤寂的思绪
只有梦想温暖我的脊梁
在遥远的边疆
站成梦想中的模样

2017·10·28 早晨 亚东

秋 缘

听歌听出了诗意
看你看出了痴迷
黄叶飘落
散发着阳光的气息
最缠绵的爱恋
轻轻地给了你

秋季像一袭华贵的袍
浪漫着厚重与质朴
情思如月
停留窗前
吟唱爱的奇迹

我在寒风中等待
等你来
丰满无痕的清梦
结一段季节的缘分
锻造爱的永恒

2017·10·28 亚东

红尘恋歌

失眠的那个晚上
我在星空下数着牛羊
梦想做最亮的那颗星
守望你安然入眠

我愿做一缕月光
飘进你的梦乡
许一个心愿
续一世情缘

我想唱一曲天籁
琴弦拨动心弦
任岁月流逝
爱你在心间

遇见一场阳光雨
我们牵手长行
红尘中相许相依
你是我的生命传奇

2017·10·29 早晨 亚东

摆渡人

一生与渡口相伴
望春夏秋冬
踏万顷波涛
撑一盏孤灯
照亮风雨如晦

岁月飘摇
日夜守候
任烟波流转
只待归人
把所有的烦恼
渡到彼岸

孤船帆影
从我的梦中驶来
我涉水而至
找寻你的韶华流年

2017·10·30 亚东

爱的霞光

太阳抚慰草原
花朵灿烂开放
鹰翱翔的地方
开满牧人的梦想
所有爱
披满霞光

月亮挂在天空上
回家的路有了方向
迎着皎洁的光芒
归乡
家的距离
让我牵肠

我的心留在旷野
随风徜徉
传颂梦的琳琅
父辈的笑声深远
守候村庄的信仰

2017·10·31 亚东

洞朗，我的家

无垠的天空
成就雄鹰的翅膀
辽阔的洞朗
徜徉一群群牛羊
牧人的牧鞭
与云朵一起放飞梦想

格桑花儿次第绽放
悠悠云朵
诉说衷肠
清澈的河流
奏一曲千古绝唱
这是我的挚爱我的家
我们一起守护吉祥

2017·10·31 深夜 日喀则

失眠的夜晚

头痛，缺氧
今夜无眠
手机呻吟流量
微信圈重复沧桑
黎明到来的时候
战甲如何披上

牙痛，缺药
滴答的时光
流逝忧伤
辗转反侧
晨曦蓬勃在何方

往事随夜色而去
雨叩轩窗
湿透情怀
今夜无眠

2017·11·1 凌晨 4 点 日喀则

情　缘

一段缘
等了经年
回眸瞬间
触动心弦
讶异最灿烂的遇见

一段情
行走经年
执子之手
深深眷恋
照亮最恒远的思念

悲欢离合
黄泉碧落
缘来如风
缘去如水
擦肩，昙花一现
比肩，蒲草如丝
情与爱
在自然以远

2017·11·2 晚　日喀则

太阳雪

太阳雪
照亮心扉
晶莹之下
覆盖丰盈的秋意

黄叶飘零
卷起离愁
游走的季节
姗姗而来

太阳雪纷飞
是晚秋的眼泪
我捂一朵玫瑰
等你归

2017·11·3 凌晨 日喀则

夜 钓

天上升明月
盈盈一湖间
横笛隔水起
独钓尽悠然

疏星伴渔歌
橹桨亦翩跹
风来携清愁
伊人立岸边

2017·11·3 日喀则

年楚河的秋天

一穗穗青稞
如浪花波涌

翻滚的阳光
染一片金黄

暖暖的秋风
把年楚河的秋天
封藏

2017·11·4 晚　亚东

远走的草原

静夜
月挂九天
我仰望星空
无眠
奔跑的牛羊
悠然的牧歌
尽是梦中的模样
一如初见

清晨
云聚云散
我穿越草原
浮想联翩
忆春华秋实
追四季冷暖
捡拾牧人的牵挂
行走天涯

2017·11·7 亚东

村　姑

一座座山
长满葱绿的草
像你拂面的秀发
盘起陈旧的过往
散发田园牧歌的韵味

一道道坎
跨过你蛇腰的倩影
像飘动的风雨
浸湿村庄的记忆
刻画日出日落的诗意

一条条河
洗净村庄的尘埃
像清澈的泉水
浇灌你圣洁的心灵
你懵懂的生活
诱惑过往的行人

2017·11·11 日喀则

朝圣者

你收拾一生的行囊
匍匐在朝圣的路上
用身体仗量
今生的向往

你迎风破雪的磕头
叩问今生的寄托
是否有来生的幸福
前行在虔诚的路上

你血肉之躯的蠕动
雕刻在大地上的隐语
只为今生不为来世
沾染红尘

2017·11·12 凌晨 日喀则

这一刻

这一刻相遇
是前世的缘
还是今生的爱

这一刻相爱
你是我的唯一
牵挂在梦里梦外

这一刻天冷了
冬去春来
人在天涯心在家
我们活着活着就老了

2017·11·12 日喀则

雍布拉康

所有力量汇聚山顶
耸立云端的宫殿
是否见证
一代藏王的咤吒风云

所有姻缘都不遥远
藏汉联姻话情缘
是否见证
松赞文成的旷世爱情

所有传说写满丰碑
我的雍布拉康
是否见证
一粒青稞长出农耕文明

2017·11·13 日喀则

夜 思

寒风拂过我的脸
岁月改变我的容颜
倚窗遥望年轻的故乡
今夜梦难圆

都说有妈就有家
孩子长不大
行走在天涯
走不出故乡的牵挂

今晚的月光
能否抚平我心中的惆怅
飘泊的乡愁
何时回故乡

2017·11·14 日喀则

打工姑娘

你的眼泪
洒落在他乡
像今夜寒冷的雪花
飘落离家的忧伤

你的心雨
隐藏在逐草而居的地方
像云的深处
栖息着万丈霞光

你的思绪
倚在我的心窗
像长长短短的诗行
书写在我的素笺上

打工的姑娘
迎来风雪又送走夕阳
漂泊在四方
用心路谱写生活的华章

2017·11·17 凌晨 亚东

生命的重生

无声的叶
从消瘦的枝头掉下
剥离了秋天的记忆

寂寞的树
在寒风中挺立
冲破禁锢的冬
落下淅沥的春雨
浸透树苞的嫩芽
长出了生命的叶

树下的鹰喙击打岩石
疼痛的地方长出新爪
拔掉鹰羽重新飞翔
我们需要生命的重生
在抗衡中坚韧
在激流中永恒
在开不败的浪花中
完成一次蜕变

2017·11·17 亚东

冬的心思

那片霞光
飞越鸿雁
像转身的距离
带走思念

秋天滑翔着
跌进冬的深渊
像散落的浮云
追随爱恋

冬的心思
装满雪花
像纷飞的蝴蝶
向你的方向飞旋

2017·11·19 凌晨 亚东

云的诉说

纵横沟壑
也飞不出天空的辽阔

在山尖求索
是否是最好的归宿

在风的深处漂泊
只为遇见彩虹

2017·11·20 凌晨 亚东

看　云

云起云涌
奔走爱的誓言

相遇又分离
命中注定

相聚，只为相依
离弃，只为阳光普照大地

2017·11·20 亚东

恋　歌

每一次回眸
都扯动心痛

恋歌宛如骏马
在心野纵横驰骋

秉执着意念
涉过爱的旅途

2017·11·21 凌晨 亚东

第二辑

故　乡

谁的琴声在流浪的路上回荡，
浓郁的乡愁已经湿透眼眶，
一年一年回望远去的故乡，
此刻斟满这杯酒不说离殇。
故乡啊，我胸膛涌动着痴狂，
我一生流连一生眷恋的地方。

谁的眼泪在逐梦的他乡流淌，
洁白的云朵又将飘向何方，
一次一次梦见村庄的模样，
此时多想守候在妈妈身旁。
故乡啊，我心中温暖的天堂，
我伴随时光伴随梦想奔向远方。

2017·11·21 亚东

尘　缘

你是开在佛前的莲
诵净水真言

你的欢笑
撑起不眠灯火

收拾相思
独向尘缘

2017·11·23 亚东

冬 天

跌落的雪花
印着寒风
飞扬冬天的忧伤

温度行走在被子与身体之间
溶化了心的寒霜

辰光漫长
几番惆怅
回首路茫茫

2017·11·25 凌晨 亚东

别

云的消失
正如你的离去
再也回不到从前

一粒尘埃
被风雨掩埋
在心的伊甸里
种下爱的种子

叶子的气息
一旦飘过
我和你
将是不再相遇的两个季节

2017·11·26 亚东

雪　花

飘落的雪花
是时光行走的模样

谁卸下红妆
写一地忧伤

银装素裹
心上的人儿清泪如霜
向谁打开寂寞
心音梵唱

2017·11·27 深夜 亚东

丢失的记忆

在纷杂的记忆里
我找寻不到你
像你的唇
吻不到最爱的人

所有的遇见
都转瞬即逝
亦如流星
消失了踪迹

你的美
淹留在年轮里

2017·11·29 早晨 亚东

天上乃堆拉

天上乃堆拉
在喜马拉雅的风口
风儿把雪花灌醉
摇晃着千年岁月
留下一段古道传奇

天上乃堆拉
像喜马拉雅的弯月
风儿去画眉抚媚
穿越着四季风霜
吟唱一曲人间百味

天上乃堆拉
在喜马拉雅的云中
走出了茶马古道
滴落的马帮血泪
铸就一部口岸历史

天上乃堆拉
一带一路上彩虹飞
柴米油盐富百姓

风吹看不清脚印

红尘疲惫又一轮回

天上乃堆拉

还会有奇迹

2017·11·29 亚东

雪　痕

雪花被风吹远
寻找春天
我无力御风而去
只能簇拥孤独
静夜难眠

在渐行渐远中
等待归期
你的天真与纯洁
辉映我心

2017·12·1 中午 亚东

执　着

萤火虫的尾灯
一灭一闪
落寞的你
在黑夜暴发
光亮的瞬间
像绽裂蛹的躯壳
自此成蝶

执着
重生了焰火
灿烂的色彩
与瞳孔碰撞
勃发的火苗
永不败落

2017·12·1 亚东

我在亚东等你

多情湖沉浮千古情爱
帕里草原格桑花儿开
神女峰诉说故事由来
千年传说沉醉在心海
我在亚东等你
等你的柔情风彩
我在亚东等你
等到杜鹃花儿开

东嘎寺诉说吉祥未来
古道彰显着正义情怀
清代海关涌动的风云
卷起残壁的历史尘埃
我在亚东等你
等你的岁月传奇
我在亚东等你
等到杜鹃花儿开

2017·12·3 亚东

寒 夜

远去的阳光
烧红一条河流
深秋，已流进寒夜

风的鼾声
正翻越小镇的门窗
再次加快逃离的脚步

2017·12·3 早晨 亚东

思　念

雁翎划破长空
残阳如血
一滴泪
照亮思念

在风中默诵誓言
在雨中追忆容颜

让所有过往
与生命同朽

2017·12·7 早晨 亚东

云端哨所

鹰飞不过云端
也飞不过那座哨所
海拔四千七呀
只有仰望的高度
季节被浓缩
一年只有雨季和雪季
戍边军人
刻写在峭壁上的军魂
耸入云天

盛夏的雪花
覆盖了壁立千仞的哨所
也覆盖了一群有魂的雪人
那是戍边军人走在巡逻路上

晶莹的雪花
似云遮雾绕的思绪飘洒
熟悉的雷声缠绕在脚边
那窗外的冰暴
发出振聋发聩的声音
戍边的军人们屏住呼吸

聆听心底的孤独和叹息
留下了暴风雪中的伟岸背影

一茬茬戍边的军人
守候着灿烂的星空
向星星诉说生命的高度
用犀利的双眼
守护着天边的万丈霞光
那份安宁和吉祥
让戍边军人的青春和理想
在海拔最高的哨位上
闪闪发光

2017·12·7 亚东

起飞的心

在雪域
心和山岗
起起伏伏
等路过的狂风
来安慰，平息

在高原
心要一直负重
每一步前行
都会遭遇风暴

阳光，撕裂云层
一生的颠簸流离
再次着陆

2017·12·11 晨 亚东

凋零的冬天

寒风拂过花蕊
割裂的疼痛
遍布呻吟的山涧
树叶上滑落的一滴泪
种下山花烂漫的思念

风儿拨开云雾
涌动的花香
碎落在冬的边缘
渐渐飘散
原汁原味的期许

切一片阳光的立面
覆盖在树冠
等一场雪
滋润干涸的残冬
慢慢长出开花的春天

2017·12·13 凌晨 亚东

醒着的诗人

诗在静夜里
潜伏
一段美文和佳句
一缕牵挂与别离
留下永恒的记忆

夜在诗句里
遇见
一段擦肩而过的距离
一缕相扶相持的温馨
珍藏在梦里

梦在温婉的诗句里
邂逅
心灵的火花
穿过黑夜
照亮自己

2017·12·13 亚东

寒　风

寒风雕琢冬天的风景
抹去山野的容颜
夕阳踟蹰在山顶
月色染白了流年
谁能听见
日暮烟霞的轮回
岁月流淌的清韵

寒风吹皱冰冷的河水
卷走孤独的雁鸣
霜雪拍打的双翅
静默在繁芜的山涧
谁能见证
心海涌动的爱恋
与河水共舞与孤雁同飞

寒风荡漾的情怀
带着偏执和等待
踏足冬的陌上
在奔跑的生命里停歇
在欢歌的笑语中沉静
沉寂的冬天
累积的记忆
走向春暖花开

2017·12·16 凌晨 日喀则

日　子

奏响锅碗瓢盆
逃离不了柴米油盐
所有的经历和过往
渡我一世红尘

犹如自由的梦
穿越阳光雨露
或闪电雷鸣
体验万象万物
或温情冷暖
谁在勾勒我的幸福

犹如一泓静水深流
我的坚强最怕你的温柔
多少次我藏起爱恨情愁
不想让你看见我的泪流

转身的距离
体味进而无止的生活
抬脚的瞬间
看见灯火阑珊

2017·12·17 亚东

品味人生

渴望的目光
放飞年少痴狂
回望来路
告别落寞和忧伤

空旷的心
生长迷茫
在没伞的雨下
拼命奔跑

孤独的夜
历经痴缠和牵挂
品味人生过往
重塑芳华

2017·12·18 亚东

阳光棚

你把寒风屏蔽在窗外
让阳光穿透冬天的玻璃，进来
聚焦炽热
储藏着爱

期许，棚里的鲜花
在严冬里微笑
为冻伤的心融化一层冰霜

2017·12·18 深夜 亚东

牧　人

晚霞驮起沉重的夕阳
照耀暮归的牧人

暮色把牧人的背影越拉越长
牧鞭甩出村庄的模样

牧道上忙碌的脚步
踩出岁月的沧桑

父辈的目光期盼玛尼石
长出肥壮的牛羊

阿妈祈祷的炊烟
飘在风马旗的方向

2017·12·20 亚东

眷 恋

雪花
一朵朵飘下
覆盖尘世喧嚣
留一缕花瓣的清香
零落红尘

背影
一步步走远
宛如相知的誓言
牵一缕黄昏的霞光
翩然而去

那场繁华的一瞬相遇
梦展一卷执手的相依
你的诺言成为生命的爱恋
你的姿态定格相思的记忆

2017·12·21 亚东

记忆与雪

老屋，瓷器
妈妈腌制的泡菜
是一掬封存的味道

雪花掩埋岁月的刻痕
我迈开脚步
踏出一幅思乡的画

2017·12·22 冬至 亚东

故乡情思

故乡的距离
在你奔走的远方
身在异乡
灵魂却在归乡的路上

异乡的风敲打窗户
思念缓缓盛开
等待的心为你解锁
你是游子放不下的情怀

2017·12·24 凌晨 亚东

雪 花

枝头上
那朵悬挂的雪花
坠落了

向树的温度离别
沿着树的纹路
攀越春天

2017·12·24 亚东

等一场雪

冬日的阳光
被寒风吹着吹着
就失去了温度
你在岁月的光晕里
等一场雪
在阳光里折射
温和明净的画面

那片森林
被寒风吹着吹着
就骨瘦如柴
你在生命的绿荫里
等一场雪
在风干的季节
扑灭燃烧的山火

山涧的瀑布
被寒风吹着吹着
就成了冰雕
你在生活的悬崖里
等一场雪

在悬空的边缘
增添冰冻的力度支撑平安

冬天的人们
等一场雪
覆盖那片枯燥的森林
和那些枯萎的心
看雪后的风景
穿越漫长的光阴

2017·12·25 亚东

河的想象

满头白发
像匆忙的河水
泅渡我的时光

几丝白发飘进梦乡
黑夜散发粼粼波光
沉浮逝去的芬芳年华

回首夜的河
都要抬高脚步
避开险滩暗流
用心尖摆渡

曾经的泪
囚禁枕边的梦
托起东升的朝阳
照耀那只潜伏的水鸟
展翅向对岸飞翔
飞出一条河的想象

2017·12·27 亚东

冬天的诗句

电热毯烘烤的梦
随同我的诗醒来

蓦然的往事
带着余温抚摸期许
像窗外的雪花
纷飞冬天的记忆

寂寞的诗意
守着空枕
像天涯陌路断了缘分
你是我无缘的情人

冬天的诗韵
为你转身为你沉沦
冒雪看你命题的诗句
飘洒无缘的情缠绕一生

2017·12·28 亚东

生命寄语

回望 2017 年的时光
生命淌过一趟趟旅程
沿途的风景惊涛骇浪
发现灵魂深处的诗洇染成彩

指尖滑落的过往
在惬意中悠远浪漫
在宁馨中温软思念
在哀怨中缠绵缱绻
在婉约的文字里仰望幸福

挽一袭芳华踏浪成歌
让飘走的云把欢乐散布
唯有笑看风雨
才能揭开生命的谜底

站在 2018 年的门槛
让随意，微笑，温暖
放逐生命的沉香

2017·12·31 日喀则

想起荷塘

路遇荷塘
心的荷花
恬淡素雅的绽放

凌风而上的傲骨
玉洁不俗的风姿
高雅成熟的风韵
在岁月中沉默
犹如荷心一抹从容

悄然想起家乡的荷塘
开满思念与血脉相连
用梦兜售爱的笑容
翻越荷花开放的痕迹

2018.1.1 日喀则

冬天的阳光

雪域的风
裹紧冬天的绒装
忽冷忽热
温差越来越大

隔窗看雪
谁在背负
沉重的冬天
走向暖阳

回望满屋景象
饭桌的咸淡生活
茶几的浸泡人生
书案的激扬文字
从阴影的转角处
走向亮光

阳光在窗外吱吱作响
玻璃门窗裂开一条缝
逃离满屋的寒意和忧伤

2018·1·2 日喀则

距 离

树根与树叶的距离
越来越远
树就越长越大

高原与川东的距离
等待越久
故乡就越远

你和我的距离
在心上就近
转身就远

2018·1·4 日喀则

雪　花

雪花飘在爱的冬季
我在雪地刻下你的名字
又怕刻完名字冻伤了你
悄然离去

我等着雪花飘满地
让雪花护着你
美颜你的美丽
永不分离

那片雪花
在阳光下含泪飘下
飘飘洒洒的牵挂
在我心上融化

如今雪花又纷飞
我伸出舌头
吻一朵雪花
品偿冬天的味道

2018·1·5 日喀则

乡　愁

童年，在稻田里畅游
山岗和村庄的汗水
在故乡的背上淌流

那一张张熟悉的面孔
如今躺在干瘪的坟头
成为故乡的千古

想起那群少男少女
用童真对付狡猾的泥鳅
如今用微信，对话乡愁

含泪的故乡
在他乡
滴落忧伤的诗行

2018·1·5　日亚途中

等待春天

捧着双手
用力吹几口热气
也溶化不了冬的冰心
零下温度
让冬天更矜持和坚硬

山涧的水
像异乡人飞溅的思绪
逐渐固化成冰
生疼的伤口
在冰渣上滴血一片片

瘦身的河流
等待春汛
咆哮一次所有的激情
抖落冰块
发出三生脆响的声音

迟迟不来的春啊
一定是在开花的他乡
遇见了和我一样爱春的人
散发着花香

2018·1·7 亚东

第三辑

心 路

云的路，飘成了雨滴
鹰的路，飞成了天空
水的路，流成了海洋
经年的路，淌成了岁月

你和我的路，走成了流年
走得越远的路就越长
停下来的路就越短

我终于明白
老人为什么给路上降生的孩子
取名“路长”

2018.1.8 亚东

妈 妈

以往
妈总是追出门口
送上一个苹果
伫立在电梯口
说声平安

在电梯门关闭的瞬间
我看见
满头白发飘起的牵挂

如今
跪在妈妈的坟头
摆上一个苹果
再喊一声妈
两眼泪花

2018·1·9 亚东

思　念

坐进背篓
踞在父母的肩背摇晃
摇出日月星辰
和无忧无虑的时光

父亲的老白干
母亲的红薯汤
悄然入梦
绵厚醇香

岁月带走了爹娘
断了我的归途

2018.1.9 亚日途中

想 象

一切
都难以启齿
给珠峰装上电梯

让勇士失去英雄的机会
让攀登者更便捷

在雪崩的地方
绿化春天

2018·1·10 日喀则

依 偎

夜
消失了
天与地的距离

天空与大地
依偎在一起

你和我
沉睡在对方的心里

2018·1·12 日喀则

想起亚东

想起亚东
在风中
生长桦树林的松茸梦想

想起亚东
在云中
翻滚边疆人的思乡情愁

想起亚东
飞越喜马拉雅的大雁
撒落一滴泪
在雪山的南麓激荡
一朵河流的浪花
飘向远方

2018·1·13 日喀则

写诗的女人

读你的诗
你不再是
腰如笔尖的柔弱女子
你是心涌波涛的诗人
让我停顿在梦里
沿着你的诗情画意前行

你用笔尖的浪花
拍醒了我

2018·1·14 凌晨 日喀则

阳　光

你治愈我疼痛的灵魂
在高原点燃
我狂热的时光

你在高原
舞弄谁的情殇
滴落在岁月的弦上

你用千年的修为
普照高原
我用短暂的一生
守护千年之约

2018·1·17 日喀则

留守儿童

村庄
在袅袅炊烟中
留守

老人给你一遍又一遍讲述
碾米糟，黄角树，石板路的故事
一遍又一遍诉说
村庄的方位

有一天
你站在村庄的轴心
抬头对标远方的风景
微笑着告诉老人
村庄是个好宅基

有一天
你在石板路上
低头思考
远方的父辈
何时回归
乡音是否改变

有一天
你终于明白
你的时光
就在抬头与低头之间

2018·1·18 日亚途中

静候春天

山风
吹出暖阳
把山的阴角
翻来覆去照射

满山
流淌泪滴
那一泓情思
融化冰雪
谁把春天的脚步
浸泡在山涧

春天
像一个安静素芬的少女
花香绕肩
清韵染指

谁在红尘路上
静候春天

2018·1·20 亚东

记 忆

岁月
在风雨中腐烂
成为一截朽木
被鸟儿雕啄
一片森林的记忆
让人瞻仰

雪花
飘落冰川
体温沉淀千年
不化的积雪
被阳光撕离
一道泪痕
滴落一句永恒的誓言

2018·1·24 晨 贡嘎

流　失

破歌的茅屋
在府南河边
呻吟

舞动的刀光剑影
在一座城池
消失

骑行的青春
在沥青路上
飘逝

一座城市的芳华
在一闪一灭的路灯下
归隐

这座城市的乡土气息
在朦胧细雨中
流失

2018·1·26 成都

等到那一天

等到那一天
雪化了月落了
你来到我的身边
犹如一只蝴蝶
停在心尖

等到那一天
头白了牙掉了
你纷飞在我眸间
犹如一片雪花
飘落梦境

等到那一天
你老了我老了
你在我梦里哭泣
犹如那滴眼泪
湿透记忆

等到那一天
爱你如生命
努力走向你
在乎你无法呼吸的瞬间

2018·1·30 重庆

红月亮

所有目光
聚焦今晚的月亮
我们都在仰望
月全食的天象

一弯月牙
一轮圆月
皎月和血月
更替在今天晚上
百年梦想
在苍宇绚烂绽放

阴晴圆缺
我们在今晚遇见
一百五十二年的等待
在瞬间浮现
我们相信聚散随缘

人们记得
2018 年 1 月 31 日夜晚
有一轮红彤彤的月亮
一直照在心上

2018·1·31 深夜 重庆

浪　花

浪尖上绽放
海的力量
让深海的梦远航

波涛上激荡
海的情怀
让远行的船只躲过暗礁

海面上起伏
海的声音
呼唤我们做一朵
让大海咆哮的浪花

2018·2·6 深夜 三亚海棠湾

回家过年

所有时间
聚拢一天
回家过年

所有思念
涌动在路上
回归家的港湾

所有亲情
团聚在家里
过个热闹的幸福年

2018·2·17 丰都兴龙镇

过年烧香

过年烧香的乡俗
延续乡愁

正月初一的人和车
堵在乡愁的路上
给思念打了个结

沉寂一年的乡村
总在这一刻喧嚣

满山的鞭炮响彻
打结的思念
在坟头炸开了花

2018.2.22 重庆

小镇的春天

山风来了
乍暖的阳光
逼进冬日的暗角
躲藏火星的小镇
焦躁不安

雪花来了
飘在花瓣洒满的三月
干涸的河流
传来海潮的声音
小镇，倒映在河里
不停涌动

春天，迈过冬日的坎
在人来人往的大街上
自由行走

2018·3·11 晨 亚东

开　犁

冬天，以沉默的方式
锁住土地
像囚禁的思绪
安放旷野

春天，以躁动的方式
让泥土中的花蕊
像雪花一样
纷飞春汛

农民，以开犁的方式
让坚硬的土地
起起伏伏
在各自心中
独自盛开丰收的花果

2018·3·17 深夜 日喀则

我在春天等你

我在春天等你
等你雄性的阳光
照亮我们明净的胸膛
那里有我们灵魂相依的地方

我在春天等你
等你从远方走进我
转身的背影随风化作雨
那里有我的心飘在春天的云上

我在春天等你
等你的岁月约定
淡淡的思念与桃花一起盛开
那里有我们绽放的期许和梦想

2018.3.21 亚东

三月桃花

从三月的阴坡和卧睡的残冬
轻轻的
踏着雪的脊背
向春天走来

所有的俗世红尘和坎坷风雨
久久的
在花骨朵里徘徊
一缕春风
叩开寂寞的灵魂

明媚的阳光
缠绕一树繁花
向左向右
向上向下
开出璀璨的印迹
停留在三月
面向桃花
春暖花开

2018.3.29 亚东

家

几间土坯房
围着一个家

墙角是避风的港
油灯是黑夜的光

一个懵懂少年
忧伤，轻狂

几面土墙
迎着风雨
坍塌岁月的乐章

几经流连
在靠近太阳的地方住下
如今的家
成了远方

家的方向
漂泊灵魂的牵挂

2018·3·30 亚东

浮

一座山
在月光的抚摸下
隐居大海

一截朽木
在汹涌的浪尖上
承受海浪

只身海面
沉入枯萎的过往
浮现浪花的微笑

2018·4·2 深夜 日喀则

清明忆母

在弥留的四月
呼唤我的乳名
母亲啊
急着倾诉什么

母亲憔悴的遗容
挂满了几多离愁

拉着母亲冰冷的手
心底的话却说不出口

母亲的魂魄
从老屋归隐
一座坟茔
成了母亲永久的归宿

风雨湿透了四月的记忆
我向母亲使过的电话号码
反复拨打
想问问娘亲是否还有忧愁

清明时节
跪拜在喜马拉雅
祈求四月的花朵
铺满母亲的天堂

2018·4·4 日喀则

渐逝的春天

花儿
吹进风里
怒放辽阔的念想

以高翔的姿态
挣扎，纷飞
春天的心事

渐逝的春天
穿越在浩荡的树叶间
泛着绚烂的红尘慰籍
飘逝枯萎的岁月印记

2018·4·13 凌晨 日喀则

雪域军魂

总有一些情怀
为你千里而来
像雪域涌动的祥云
抚去界碑上的尘埃

总有一串脚印
通向赤诚大爱
铸就威武的军魂
留下每一步精彩

雪花飘飘洒洒
妆点绚丽的芳华
士兵巡逻的背影
高大如挺拔的山脉

阳光圣洁明亮
照耀青春的脸庞
士兵犀利的目光
值守在高耸的云端

2018·4·17 亚东

最深的远方

梦
在最深的远方
布满繁花
从星空坠落花谢的声音
诞生了春天的生命

爱
在纷繁的季节
谴绻一份回忆
氤氲一抹柔情
守候诺言

恋
一段隽永的文字
静品爱的心语
让曾经醉入心扉的梦
凝成窗前花香的模样

2018·4·21 亚东

做回自己

一朵流云
浮动着翅膀
在我的凝眸处转身
滚落忧伤和思念的泪行
迷惘在征途
我把他乡守成了故乡

一条山路
通向无尽的远方
沉淀的苔藓
抑或岁月飘落的花瓣
在红尘中匍匐
积重难返

阅尽天涯
青春零落成片段
澹澹流年
渺渺无岸
谁在迷离的空茫中绽放生命的焰火
谁在苍凉的荒漠里饮尽命运的悲欢

抖落风尘
谁在寂寞如海的夜色里陪我浪迹天涯
拾捡往事
谁在荆棘密集的岔路口赠我一缕馨香
让应春而来的繁花
辗转为泥
给予我一撮温暖的土壤
做回自己

2018·5·1 亚东

梦醒天涯

风起五月
浩荡而来
把漫天飞雪卷上山顶
一道雪线
割裂寒冷和温暖

我行走在分不清冬春的季节
时间和空间涨满潮声
归期如此刻落荒的离愁
凝固成深深浅浅的风景
迢迢遥遥
一半梦呓一半清醒

醒着时
我遇见站在雪凹里的自己
举步维艰
却也妆点着晶莹可触的世界

睡梦中
我俯身雪地
让心情怒放

开出阳光下独一无二的花朵
哪怕迎来一场雪崩
也要以坦荡和纯粹涤沐天地

2018·5·3 亚东

雪舞春天

亚东的雪
飘在立夏的五月
隐藏春天的梦想

情深缘浅的春天
还未展开话题
就走进了夏天

携一缕春的诗意
挚一束夏的烟火
在挂满雪花的初夏
憔悴难眠

尘缘如梦的瞬间
雪花淡然纷飞
漂泊春天的梦境

2018.5.7 凌晨 亚东

写给母亲

用泪洗的目光
追随你
像夜空划过流星的背影
在思念的深处
开出鲜艳的花朵
永驻大地

用熟悉的乡音
呼唤你
像故乡涌出情感的潮水
在视野的远方
绽放端庄的容颜
永不逝散

母亲啊，无论您在哪里
我们都用最初的心爱您

2018·5·13 母亲节 重庆

院落轩事

哗啦啦的阵雨
洗尽满院繁华
一段光阴
在岁月的沉香中起伏跌宕
是谁注入满园春光
让院落的风景
绽放生动隽永的模样

呼隆隆的春风
激荡烟月波澜
一段情缘
在时光的回流中静爱相守
是谁一生漂泊不由自主
让院落的蛙声
诉说其中因果

静坐浅夏
问道落花
是谁携手阳光
让我们重逢在灵魂之途
隔着时光无言以往

2018·5·16 北京

重庆印象

肩扛通车的路
脚踩航行的船

这么大的山
哪里是我生活的城

找寻有水有光的夜景
倒映自己

2018·5·18 北京

醉　氧

带着高原的白云
在平原的天空试飞

再不用张开大嘴
只打开肥大的心肺
氧气，雾霾，宁静，喧哗
不对等置换

华丽的词藻
用眩晕，灌醉诗人
头重脚轻

我正在适应醉氧的幸福
用分行的方式
根治高原留下的病根

2018·5·20 北京

距　离

在爱的空间
寻找，一段距离
沉浮一座山的重量

谁在对话时光
宛如，风尘遮住旧梦
心痕刻印春秋

痴爱情愁的火花
宛若，西边的星星
点亮东边的太阳

2018·5·30 北京

忆童年

梦见童年
就有回家的念想
健步如飞

铁环滚落的笑声
碾压了多少春天

鲜艳的红领巾
还在花里开放

2018·6·1 北京

问　水

以落花的姿势
行走洪荒

滴漏的阳光
照耀过往

谁在见证
风雨向前的脚步
穿越静美的时光

2018·6·16 重庆

别　愁

你的炽热
像世界杯的足球风云变幻
沸腾的七月
溢流一泓浅秋

夏天的阳光
滴漏成梦
温暖的心窝
在夜与昼的拐角
唱一句离骚别愁
叹一生担当春秋

2018·7·18 成都

给儿子

我的血脉
繁衍你的模样
从此，千里守望

如何避开肆虐的风沙
让你蓬勃成长
我在爱的路口迷惘

你跋涉在贫脊的土壤
昼行夜归
将草绿踏成花香

如今，我的心
始终为你打点行囊
如何远行
才能走进你缺失父爱的那片荒凉

2018·7·20 成都

第四辑

海螺化石

海水退了亿万年
仍以爬山的姿势
缔造一座高峰

登山者出生入死
只为攀登信仰

山风，一吹再吹
咸涩的味道
犹如雪花纷飞

一枚枚海螺
化身珠峰锐石
蕴藏号角与精芒
送给朝拜的路人

2018·7·26 凌晨成都

逆 风

逆着风
深一脚
浅一脚

不愿苟且，扑面的骤雨
在逆风的方向落泪

回首，风的深处
阵阵花香

2018·7·28 晚成都

雁南飞

凌空嘶鸣
呼唤苍天下的故里

双脚与双翅齐行
一路啄羽
在风雨中重生

飘落的雁羽
独自在他乡
叹息乡音

2018·7·29 凌晨成都

天亮了

蝉翼煽动树叶
轰鸣于耳
整个夏天燥热不安

陷入这样的季节
大地需要阳光
暴晒万物

而我，更多期待
骤雨，走进梦的港湾

昨夜的雨水
将夜色越冲越淡
天亮了

2018·7·29 成都

回到秋天

稻穗的侧面
行走秋天

曾在泥泞中诉说
春雨的缠绵

我想听听
它行经暴躁的火热夏天
从正面入秋的声音

2018·8·8 济南

老 宅

想起你
睁眼或闭眼
都如临深渊

岁月的根须
悬在记忆深处
盘根错节

那布满青苔的石阶
让出一条
通往旧时光的路

炊烟袅袅
落霞满天

2018·8·10 成都

又见黄叶

一片树叶
被阳光，雨露
书写和翻阅

季节，被风折叠
又见黄叶
飘秋韵

秋实，置入大地
静候黄叶
染一片蓝天

2018.8.17 亚东

净 水

化雪为水
一条河就活了

所有时空
从此不再寂寞
沐过小镇的街道
人和事
一尘不染

白云去了远方
留下净水
在人间

2018·8·19 亚东

浪 花

匆匆而来
淡淡而去
在生命旅途中聚散离合
在喧嚣河面上升腾浮沉
遇见又分离
一次次交错
汇一曲激昂乐章

朝迎旭日升
晚送暮云归
渐行渐远的时光
深情演绎着旷世交响

流年飞逝
韶华转瞬
弯曲的河面
更迭着季节冷暖
踏繁花馨香
傲残雪寒凉

一路红尘
悲与欢熙熙攘攘
留一份绵长的情谊
琳琅生命
每一次相逢喜若初见
每一次离别默如笙箫

往事随风
流经每一圈年轮
擦肩而过的人与事
藏在最柔软的心底
幽梦绵长
丰盈寂寞

2018.8.25 亚东

小　城

这座城
很小
像一枚钉子
和我一起镇守边关

这座城
很小
像山缝的一滴水
和我一起迂回曲折

这座城
很小
像河流上盛开的一朵莲花
和我一起傲立风雨

2018·8·27 亚东

弥留的父亲

你忍着病痛
攥紧八方风雨
大汗淋漓

湿透的身体
无回天之力

脆弱的生命
无声无息

那一刻，我为你
泪流成河

2018·9·3 亚东

境　界

再进高原
烈日星海

缺氧的脑袋
留下空白

在你心底的无人区
与过往和解
抵达未来

2018·9·6 亚东

距　离

一座城
被一条河劈成两瓣

此岸和彼岸
一座桥的距离
人来人往

通往人心的暗河
无需丈量
总是先于近的方向流淌

2018·9·8 凌晨亚东

浮　云

浮生归来
犹如云朵飘零

不管以什么方式路过
都要在过往的天空
留一丝划痕

哪怕破履如冰
也要迎着风雨
抵达对岸

2018·9·17 亚东

秋　叶

一缕阳光
拨动秋意
微凉在河水中沉浮

花谢花飞
云卷云舒
无意去留

拾捡一些斑斓的秋叶
卷铺案牍
墨拓素笺
读朝花夕拾
品浮生若梦

2018·9·18 亚东

时　光

独处红尘
想还是不想
庭院静寂抑或烟火人生
都无法放空自己

四季轮回
有开始有结束
有到来有离开
渐渐泛黄的笑靥里
雪落如花
留下薄凉

岁月飘零的花瓣
带着盛开的旖旎
馨香着过往
遥忆清浅时光

2018·9·19 亚东

思　念

月光
溶尽韶华

流年西东
风姿万种

面对边关冷月
把生命的繁华
轻轻放下

我的思念
一半天涯

2018·9·22 亚东

河 流

涌动的河水
翻阅日月
像一本书
一开一合
把潋滟的情怀留给蓝天
把心底的旋律留给大地
把岁月的薄凉留给自己

清浅的河水
总是背负山峰的行囊
行走在天地之间
哪怕坎坷荒径
也要带着崭新的欢颜
涌流更加灿烂的梦境

即使在雪山启程
首尾难见
也要在海角滋润万物
养育生灵

那条河流

犹如人间飘落的炊烟

穿越多少流年红尘

与我同守岁月的漫长画卷

2018·9·28 凌晨 亚东

远和近

山在雾霭中低下头来，很近
天空却高了几分，很远

那过往
弹指间
你和我相守很近
思念却很远

闭眼是黑
睁眼是夜
想念一个人
在失眠的时候最近

2018.9.29 亚东

无 题

李白和杜甫
不知道
千年之后
还有人诵读他们的诗篇

我也不知道
下一首诗
在什么样的状态下写成
也不知道
哪句话可以入诗

但我知道
被人吟诵的
一定有快乐
或惆怅

2018·10·5 亚拉途中

羊湖的蓝

听说神女的一把泪
化作人间的一泓湖水
在一个叫羊卓雍措的地方
静候了亿万年

面对天空
用阳光浆洗一种蓝蓝的色调
沉浮如烟过往

千回百转
凝眸她的蓝
用千年修炼的涟漪
笑对冷暖

2018·10·6 拉萨

同样的感觉

飞向云端的那一刻
融入天空的梦
若隐若现

机窗之外
只见云层
不见烟火

儿时的姑娘
朝朝暮暮
指尖可触

在苍生之上
才发现她的心
深不可测

2018·10·7 咸阳

雪山的莲

雪山深处
也有远道而来的寒冬
如同赶赴一个佳期
穿透季节

我是雪地晶莹的莲
每一次盛开
栉风沐雨
在生命的旅程中
打一个结
安放冷暖

振翅而过的鹰
光影般锐利
划亮湛蓝如璧的天空
纯净无瑕
一如我盛开的思绪

莲花的背影
在阳光里随风凋落
雪山生梦
泪光盈盈

2018·11·10 亚东

日子如花

帕里草原
呼啸着一群蜜蜂
来去如风
围追堵截花朵

雪山脚下
油菜花儿恣意绽放
牵引蜂群
像顽石聚集
像紫藤缠绕
编织一个甜蜜的梦

我愿做奋飞的蜜蜂
与春天一起勃发
叠加的日子如花
在渐渐荼靡的指尖
泅渡薄凉

2018·11·14 亚东

离乡的风

大地尘土飞扬
湖水涌起波浪
离乡的时刻
罡风浩荡

如今
你揎起拳，捋起袖
仍然在风中跌跌撞撞
踉跄的是功名
还有愈挫愈勇的顽强

朔风扑面
群山像狂奔的马群
载沉载浮
你那九曲回肠和万种离殇

转身
青春流落异乡
你的半生陷在红尘中
留下欲念和歌舞繁华
不经意间发现
离乡的脚步只迈出了一步
归乡的隐痛却要治疗一生

2018.11.15 亚东

下雪了

寒风飘来
片片雪花
亲爱的战友
你是否想起她
守候在小村旁
照顾着爹和妈

雪莲花开
人在天涯
亲爱的姑娘
你是否想起他
屹立在哨所上
为了咱国和家

一朵朵雪花
随风而来的相思
飘进岁月
在你的温柔里融化

雪一直在下
孤独怕不怕
青春无悔
这是你的雪月风花

2018·11·26 亚东

寒风吹过那条河

昨夜寒风
摇曳在残冬的枝头
跌落的季节
有清浅离愁

你心中的那条河啊
从时光的深处流出
一千次荡涤
落寞与惆怅起起落落
一万次翻阅
记忆与过往沉沉浮浮

寒风
吹过那条河流
如同雷电劈过草原
累累鞭痕
印记着你的多彩人生

2018·11·29 亚东

雪花无尘

雪花
在天涯孤旅
偶遇寒冷
欣然承欢

风起的时候
零下十五度

你随心沓来
不染纤尘

2018·12·7 亚东

致远方

故乡的风
吹动经幡和高悬的法号
寻觅梦的方向

骑烈马
傲天涯
两袖挥去青山明月
一声长啸
你在有雪的地方
等待春光

问沧桑
逐流年
披星戴月
鬓发苍苍
在雪山的圣洁里慢慢变老
只需清风的从容和坦荡

2018·12·23 重庆江北机场

飘逝的雪花

一垂首
一低眉
一声浅吟
飘逝的雪花
犹如你的日子
悠然雅致

凛冽的风
寂寞前行
飘逝的雪花
犹如你的背影
摇曳成一道风景

飘逝的雪花
携陈年旧事
在苍茫云雨中升腾
点染未来的岁月
在春光里迤逦如梦

2019.1.7 重庆

车站小记

车站的阳光
照亮家的方向

一杯温暖的咖啡
犹如心爱的故乡

山尖上的太阳
跋涉沧海

燃烧的激情
越过万重河山

站台的人们
各自匆忙

2019·1·19 成都东站

雪　祭

寒冬，兵临城下
下雪的日子一触即发
雪花撞开城门
顷刻间，坐拥城池
统领江山

在天地之间排兵布阵
背影不羁
日夜兼程

生与死的玄机
在春风开阔处
盘旋

旷达的留白
适合一个人
重新规划余生
剃度凡尘

2019·1·20　重庆

仰 望

每次踏入机舱
你就背离了故乡

仰望冰雪搭建的高原
脚印重叠在一个方向

听说高原是海
你的背影是帆

抵达你的星空
阳光灿烂

2019·1·24 乘机途中

杜鹃花

三月雪花
散尽过往

杜鹃花儿
在守望的方向
绽放

你在山崖
放飞梦想

2019.3.26 亚东

野性的雪花

临冬，草原上的花朵
像季节一样凋零

倒伏脚下的枯草
刻骨铭心

寒风，扬起野性的雪花
独自飘散
与春天的小草
争夺阳光

2019·3·28　亚东

这个夏天下着雨

我们的天空
一边是云，一边是雨
祈一叶舟
穿越忘川

树叶舔净伤口
滴落的血痕
扶摇一丝清凉
掠过寄居的城市

这个夏天下着雨
所有尘埃
顺水而去
像我们流过的泪
洗净过往

2019·6·14　重庆

重庆有雨

六月，重庆有雨

长江，嘉陵江
携带源头的雨
冲进朝天门
惊涛拍岸
亦如奔放的重庆人

凸起的叫山城
隐藏的叫雾都
浮沉雨中
世界打了一个大大的问号
六月的重庆人
沐浴着飘逸轻灵

遥远的相思
被一个身影载动
在遥远的夏季
涂抹大汗淋漓的记忆

六月，重庆有雨
也有长江和嘉陵江交汇的故事

2019·6·29 凌晨 重庆

第五辑

回 望

是强迫症吗
反反复复上锁
却锁不住心愁

走过的路
在身后飘浮

人在旅途
你在回望
对与错
擦肩而过

2019·7·2 成都

静之力

（一）

如水
绵韧滴落

凹凸的石础
盛满时光

石穿
只需地久天长

（二）

种子
厚积薄发

陇底
隐忍豁达

破土而出的瞬间
光芒万丈

2019·7·4 重庆

去西藏

阳光，飞翔着
掠过村庄
一次次牵动的心
一次次灼伤

向西，向西
在离着太阳最近的地方
导航

那是我的西藏
心中至尊天堂
连绵的雪山
沉浮梦想

我启程去西藏
在海拔最高的地方
仰望太阳

2019·7·14 飞行途中

与羊群为伍

在海的高处
凝固，西藏的山
成为游不动的鱼

化为羊群
波涌而来

卓玛的牧鞭
垂钓起伏的山脉

牧获的花草
在卓玛沉寂的心里
怒放，与羊群为伍

2019·7·30 亚东

与风同行

风，来无影
去无踪

所有的生命
都在风中躬行

招展的花草
折断的大树
跋涉的人们
还有一些肢体动作
随风舞蹈

风，始终与生命
相倾一生

2019·8·4 凌晨 亚东

另一朵云

以更轻的姿态
飘逸
前面有一盏明灯
在牵引

红尘与喧嚣
渐行渐远
另一朵云
影子般追随

以对峙的方式
积蓄力量
等到雨季
把爱倾下

在山涧、树梢、天空
与风相拥
等待一道闪电
点燃离愁

走进一个人
比遥望一朵云
更远

2019·8·7　亚东

生　命

横亘咽喉的鱼刺
在生命的痛点
潜伏

五十岁
如同一道分水岭
激流涌注

我的上半辈子
埋藏于紧握的五指

这一会儿，张开
指向下半辈子
发现旅途
刚刚起步

2019·8·12　亚东

曾经的云

那片云朵
曾经来过

漂泊的纯洁
擦试人间烟火

期许
千丝万缕织成山峰
有梵音缭绕
沟壑纵横的
是心

那片云朵
无垠
覆盖我所有的真

2019·8·19　亚东

老西藏

脸上刻满阳光
走到哪里
人们都叫你老西藏

紫外线炙烤的青春
花开妍媚
在旧时的照片里
灿烂绽放

世界最高的地方
有强劲的风雨
你握紧拳头
挥舞过往

老西藏的肩上
扛着喜马拉雅

下山后
轻轻放下
发现生命矮了几分
却在人们的心里
逐渐高大

2019·8·20　亚东

时　光

时光如梦
舒缓跌宕

逝去
水流风吟

回首
几分薄凉

2019·8·21 亚东

飘在窗前的河流

带着雪山的凉
入我梦乡
汩汩流淌
翻飞夜的惆怅

我想随你
咆哮苍凉
挥岁月巨椽
谱一曲凛冽乐章

枕着夜的孤寂
静默成行
写一首诗
温暖时光
在天之涯
还有飘在窗前的河流
陪我守望明天的荣耀

河流不息
宛如渐行渐远的故乡
刻骨的疏离

带来几许寒薄
我蘸他乡之水
写旧迷茫
让河流经过的地方
曳动霓裳

2019·8·26 亚东

飘泊的云

不为飘泊
只为清风意长

一起穿越
昼与夜交汇的光阴

流转
岁月的牵念
迤逦前行

2019.8.28　日喀则

暖 阳

雪山
拽住暖阳

纷飞的太阳雨
穿越薄凉
凝成一份牵念
相随漫漫征程

踏四季风景
轻舞飞扬

2019·8·29　日喀则

品　茶

遇见沸水
便沉浮春天的馨香

隔杯相对
我愿与你执手天涯
涌动的爱恋
清雅绵长

在唇齿之间
彼此暗醉沉香

你变换神韵
丽媚着四季妆容
把风雨酿成
缓缓走过的时光

2019·8·29　日喀则

躬行的秋天

大地黄了
稻子低下头来

谷穗压弯了秋天
我们在大地上
躬行

2019·8·30　亚东

沿着秋天走向深远

被夏天烘烤的色调
溯流而上
在水湄蒹葭之处
氲开缤纷容颜

朝冷暮凉的小镇
炫耀民族风
如同曳摇的树叶
痴痴念念

抓一缕阳光
留在掌心
让纹路伸进秋天
走向深远

2019.9.1　亚东

牧　女

牧女的经筒
摇曳心心念念

牧鞭下的羊群
像绽放心底的雪莲
袅娜成烟

指尖上的羊毛
轻捻几多期许
透过梵音
纵横在静净的草原

2019·9·2　亚东

穿越的云

穿越双眸的云
像一朵浪花
翻越特堤斯古海
凝成心结

天空无须妆点
也盛开蔚蓝

你在高原
牵手喜马拉雅

灵魂从未搁浅
不管风雨如何变幻
也像云朵一样超然

背负苍凉
或是面对朝阳
都在完成人生庄严的仪式
在跌宕中坚强

2019·9·5　亚东

西藏的妈妈

半夜起身，吻遍孩子的脸颊
把所有流连
轻轻放下

启程去西藏
大包小包装满牵挂
机场的磅秤，秤了又秤
超重的情感
一起远航

孩子醒来找妈妈
奶奶说，妈妈在天上的西藏

从此，孩子仰望着天上的太阳

2019·9·6 亚东

白　露

蒹葭苍苍
寒蝉凄凄
抖落的露珠
镶嵌一片色彩
夏天的火热
被凝固成霜

干燥的大地
常有雪白的月光游历
凉意如水
覆盖浅秋

清风过后
树影很长，随河水远去
苍穹藏不住一丝云朵
像明镜一样，犹如你和我的爱情

2019.9.8　亚东

再见无期

那朵飘逸的云
看一眼，就成云烟

阳光与清风
对酌，再见无期

蓝天下
花开两朵
以最美的姿态
遇见

渐行的瞬间
行且珍惜

2019·9·9　亚东

我把思念许成愿

无涯的风雨
携几缕清愁
薄凉
将心思浸透

如何把流放的情感
搁置在彼岸
透过时光的罅隙
注定一场厮守

脉脉秋水
雾霭流岚
纤指上的瑟缩
在暖阳下深情远去

我把思念许成心愿
相伴红尘
用平仄的韵律
谱写一曲恋歌

2019.9.10 亚东

戍边人

亚东边关
最初的城池
安放着红河谷那场战火

戍边人的弓箭
射落硝烟
月光洒下鲜血
洗白家园

马蹄踩在光阴的弦上
被戍边人拉满
射向历史的深渊

2019·9·14　亚东

想起父亲

艰难的岁月
被父亲卷入旱烟
燃尽苦涩
像孤独的星星
点亮我的童年

如今
父亲的坟头
闪烁着萤火虫的光芒
像灵魂的翅膀
扇动萎靡不振的夏天

如果那些微光
会照亮思念
我宁愿深陷黑夜

2019.9.16　日喀则

山里女人

山里女人
用泉水
浆洗村庄

家什和房舍
光亮照人
男人的野心
在洁净中升腾

缓缓而来的日子
被泉水荡出
一片晶莹
流淌在女人心里
温润似玉

2019·9·19 亚东

秋　雨

秋雨，
滴滴霏霏
如秋叶飘落时光

远山，
雨雾迷茫
如起伏的季节薄凉

你和我的惆怅
凝成远山的浮雪
随风飞扬
剪一缕流年墨染心房

2019.9.21　亚东

云 雨

你和我
是相遇的云和雨
你给我柔软
我随你飘逸

在相守的岁月
执念光阴

一缕清风
生发缱绻期许
心路跌宕
不误前行

2019·9·22 亚东

秋　叶

秋叶纷飞
撕开天空的伤疤
在风的渡口
俯首低眉

攒毕生绚丽
在风中行走
一面相守岁月
一面执念光阴

一些沉思
起起落落
留舞姿和笑容
染亮深秋

2019·9·23　亚东

思 念

我在旅途
送父母远走

执念天涯
山寒水瘦
喜马拉雅曳洁白霓裳
徐徐而来

思念入心
流出双眸
琉璃般莹澈
染亮一程程山水

时光流转
清浅流年
我在岁月的尘烟里
笑看风云

2019.9.23　亚东

又是那朵云

每一场遇见
都是别离

许花开情缘
拂明月馨风
让流年烂漫烟火

遇见与别离
镌岁月痕迹
紫陌红尘，物是人非
聚散离合，百转千回

漫步时光
剪一枚相思装饰心窗
风起时，低诉缠绵
下雨时，浅醉轻吟

撷一段婉约
掬一缕芬芳
凝一份忧郁惆怅
冉冉绽放

把所有的温柔记取
一路珍惜
一路守望

穿越最绚丽的风景
走过山高水长
回首来路
你在的地方鸟语花香
远行的光阴
与我们一起老去

2019·9·25　亚东

戍边人

踏碎星光，迎来骄阳，
我们在雪线里守护边疆。
步伐铿锵，山谷回荡，
我们踩在和平的弦上。

屹立云端，群山仰望，
我们在雪域捍卫信仰。
生命的火焰，融化风霜，
那是戍边人的使命担当。

一寸国土，一份尊严，
只为国旗在国境线飘扬。

2019·9·29 亚东

秋　愁

繁花落尽
辗转一地芬芳
站在冬天的路口
抬首，闲愁可掬

岁月流转彼岸
思念浅长
拈一脉清寒
抵挡风霜

坐在时光的堤岸
听隔水箫音
灵魂
绽放出花开的模样

时光如锦
红尘如绣
绵绵牵盼
丰盈了时光
有一丝缱绻在徜徉
还有一缕缠绵在守望

2019·10·4　亚东

秋　思

一片叶子很轻
却浓缩了四季

两个人很近
却要翻越心的距离

一些事被记取
一些事飘过流年

往昔渐渐薄凉
却要一生守望

潮汐漫过岁月
抹不去记忆纠缠

2019.10.7　亚东

亚东河

沐浴喜马拉雅的阳光
起落在世界最冷的深处

流淌的日子
被辰光渲染
像零落的秋叶
辗转凡尘

任凭喧嚣与纷扰奔腾
也要独守那份淡泊
行走生命的春秋

2019·10·7　亚东

雪 花

雪花，追着一场风
落满猝不及防的思念

季节和草木
染上地老天荒的诺言

以澎湃的姿态
拥抱阳光
一程一程的旅途
有了润泽的暖

2020·1·9 亚东

人与山

喜马拉雅山始终昂着头颅，很高；
脚下的人匍匐着仰视，很低。

山，衔云朵而来；
人，随尘沙而去。

人与山
如天地的唇齿
嚼着苦难
一沉一浮

2020·2·2 亚东

帕里草原

五月的雨
越来越稠密
失重的帕里草原
牧草疯长
羊群漫延
一浪高过一浪

卓木拉日雪山消融
酿出多情的湖
给人间添一抹净洁
映衬着祖先的身影
东倒西歪
如艰辛潦草的生活
容纳周而复始的日出
送走一曲曲牧歌

2020·2·9 亚东

灵魂之上有信仰

你如候鸟
飞越险峰

从冬到春
执着迁徙
留一声长吟
警示凡尘

逆风而行
搏击风暴漩涡
哪怕羽毛凋零
也要把坚韧写在天空

灵魂的翅膀
大写着信仰

2020·2·12 亚东

春天的模样

——献给白衣天使

你背负希望
明媚苦难浸染的时光
娇小的身躯
承载深重的忧伤

你医者仁心
风暴旋涡中逆流而上
在大爱深处
牵引春天的模样

2020·2·23 亚东

悼父母

父母坟头的草
每长一次
我的心
就疼痛一次

柳絮飘落的思念
如破碎的眼泪
一茬紧跟着一茬

山坡上的风影
弥漫我的哀愁
落满天涯

2020·3·31 亚东

在心上

太阳雨飘落在心上
散发着温暖的力量
湿透了缠绵的过往
诉说着思念的清凉

故乡的炊烟在心上
牧笛的悠扬在心上
稼穑的芬芳在心上
巷陌的足音在心上

大花轿，新嫁娘
火红的日子在心上
女儿娇，笑窝亮
芬芳的青春在心上
无问西东不说惆怅
心手相牵便是天堂

我吻着你的忧伤
你暖着我的苍凉
一起守候风雨阳光
一起沐浴爱的馨香

2020·6·10 亚东

赶路人

睫毛，黏住夜色
往事飞逝

一杯浊酒
洗去风尘

一弯冷月
引渡曙光

2020·8·8 凌晨 亚东

后 记

夜半风声，惊醒梦中人，今夜注定无眠。故乡的熏风，边关的冷月，几疑沧海桑田。一斛愁绪，诗意万千。与冰峰为伍，与雪花为伴，惆怅与感慨无限。遂记《雪花无尘》，如瑶琴清泉。

作　者

2020·9·8 云岭